吾妹子叢書第二篇

歌集

月桃

友利健一

現代短歌社

序

秋葉雄愛

この度、友利健一歌集『月桃』が吾妹子叢書第二篇として世に出ることになり、何よりの喜びであり、心から祝福したい。

著者は平成八年に「吾妹子」の前身「吾妹」に入会し、主として生田友也主宰の指導の下、当時東村山で開催していた本部歌会で活動を始めたと記憶している。

私の当時の印象では発言も活発で物怖じしない新人らしからぬ態度で、周辺がやや辟易したようにも思う。

しかしながら、歌会を欠席することもなく、短歌の素地も備わっているうえに、何よりも研究熱心で、その取組方も尋常を逸していた。

著者は現在、「吾妹子」東村山歌会での指導の外、超結社の多摩歌話会や日本詩歌句協会の役員として、各好感を持って迎えられている。

本集は、春の抄・夏の抄・秋の抄・冬の抄・架け橋の五抄として、四九〇首を納めている。

その中から比較的出詠の多い旅行詠から、短評で逐条的に所感を述べる。

夕暮るる唐津の虹の松原は浄土思はす松のトンネル
ながながと眼下にしるき島影のみえて爺々岳《ちゃちゃだけ》あれが国後《くなしり》
遠ざかりまた近づきて海ありぬ燃ゆる夕日を追ふ五能線
戦争に斃れし学徒の画きたる恋人の裸像その肌白し（無言館）
立石寺に肩いだくごと親子歌碑朴葉の蔭に雨凌ぐらむ
鐘の音ひびけば鳥影疾《と》くすぎてトスカーナの空夕焼となる（イタリア中部）
たたなはる霞の山の葛城のつづくその果《はた》て二上の山
秋篠《あきしの》寺の女身ゆたけき伎芸天に逢へて嬉しもわれを見たまふ
あふことのかなはぬ師の郷九十九里ひねもす寄すは潮鳴りばかり（片山貞美）

白砂青松の唐津湾に面する虹の松原は名勝である。老松の果てなく続く中を通る砂の散策の道を夕暮どきは作者に「浄土」と思わせた。

爺々岳は北方領土、国後島北部に聳え千八百米余。結句に作者の愛国の意思が出ていて本領発揮の作。

五能線は東北の日本海に沿って走り、近くに世界遺産もあって、夕日の観賞地と共に賑わいを見せている。五能線の窓の景色をスナップ詠の見本のようなタッチと韻律で美しく詠っている。

無言館は出征画学生の遺作を展示して久しい。いくつかの裸像もあって、画学生の心境を思うと正視出来ない。画く方はこれが最後と思い渾身の力で画き、絵を見る方も終の作品として美しと見ている。

山形の山寺には、生田蝶介・友也の歌碑が並んで建っている。作者は特別な思慕の念をもって見上げている。この親子碑を詠った作品は数多あるが、優しさということからこの作品は一味違った魅力を備えている。

旅行詠はともすると報告や説明調になり易いといわれ、やはり地名、固有名詞をおさえイメージを喚起しつつ詠み込むことではないだろうか。この一首はトスカーナが生きていて、異国での寂寥感が良い。情操に格調もある。

万葉集の「畳なはる青垣山」からか、「たたなはる」の初句からの声調のよい作品。信綱の薬師寺の歌を想起させる。

秋篠寺の伎芸天は女身ゆたけき許りではなく容貌端正。天女に会えた悦びの情が伝わる。対象を適確に捉えて思いを伝えている。

旅の最後は、千葉の九十九里浜に師の足跡を尋ねての作。師は平成二十年十月に世を去った、古典短歌を自負の片山貞美氏。初句に無念な思いが迸り、作者の人となりが映し出されている。

雨《あま》しづく落ちては水の輪ひろがるを子猫は小首かしげて見入る
只見ダムに人のつどへば人を見に山の猿出でて道に遊べり
枯れ枯れて風も動かぬ枯れ蓮にとまらむとして蜻蛉かがやく

通り雨上がりて草生に露の満ちとかげ出で来て舌を潤す
浮くもあり潜るもありて氷雨ふる山の辺の沼に鳰のか黒し

山紫水明の地に育った、作者の本性でもあろうか、生きものを見る目差は殊の外優しい。これらの作に、佳作も多くしばしば心に響くものを感じた。子猫といい、山の猿といい、蜻蛉の一瞬の捉え方が絶妙だ。そして、とかげへの愛情の吐露と「山の辺の沼」が静謐さを醸し出し、写生への作者の矜恃を思わせる五首と思う。

ポケットに芋しのばせて校庭に昼餉となしし引き揚げ者われ
ジフテリアに死にたる児の名を呼ぶ母の天津の収容所いまだに夢む
土に手をぬくめては堆肥ほどこしし引き揚げの身の凍《こご》ゆるに耐へ

著者は中国からの引揚げに苛酷を極めたうえに、内地での生活も辛酸を舐めたことは容易に想像出来る。高い表現力によって、当時、苦渋を味わった出来事を詠っていて淋しくも哀しくも感じさせる。

あをくさきトマト齧《かじ》ればじわじわと夏のトマトの畑《はた》の亡き父

としごとに君はきれいになつたよね七十になる妻を見てゐる

阿佐ヶ谷の新婚の思ひ出〈しあはせにしてね〉と君言ひ　今のしあはせ

病みがちの母の手携へ狭山湖の桜を見むと父と連れ立つ

本集の後半になると情操豊かな家族詠があって、父の十、母の九、父母の六、妻の九首を数える。

一首目、戦後苦難の道を歩まれた父君への切なる思いが、トマトの味を通して歌われている。二首、三首目、未だお目にかかる機会に恵まれないが、作者の令夫人は麗人の誉が高い。その辺を的確に捉えていて、さすがと諾う。四首目、修飾語もなく、事実を平明に詠み、思いを十分に伝えている。

まだまだ紹介したい作品は数多あるが、紙面の都合もあり割愛し、あとは読者のご見識に委ねたい。著者は力量もあり、これからも心にひびく作品を世に問い続けることと思う。作歌に停年はない、短歌一生を自覚し益々の精進に期待をしている。

本篇を上梓に当たり神作光一先生に格別のご指導を賜り、私からも哀心より御礼を申し上げたい。

平成二十六年七月二十日

目次

秋の抄

月桃

春の抄

月桃

月の夜の宮古の浜に吹く風のあまくかをれる月桃の花

一村の花鳥風月にうづもれて燃ゆる絵筆の月桃に酔ふ　（田中一村）

月桃とふ美《は》しき名に訪ふ宮古島　海原青く花咲きさかる

月桃の咲くといへども白からず薄紅すけるごときほのけさ

入梅となるころ咲ける月桃の端々しけれ日昏れ咲きゐて

鬼餅《ムーチー》

好みゐし母が〈鬼餅《ムーチー》〉ふところに過ぎし日思ひて食べむとするも

ムーチー：餅粉を月桃の葉で餅を包んで蒸したもの

〈鬼餅〉は邪気払ふとふ宮古島の庭の荷馬車に供へ月みる

きちきち蝗虫

天涯をさしてや開く紫木蓮浄土とならむ蝶まひめぐり

昔ながら水汲み上ぐる朝倉の三連水車は田を満たしゆく

房総の春の風車はおのづから風とりこめて廻り始める

雨の日も八国山をあゆめるやトトロとつれだつ君を夢みし

（稲葉章三君を憶ふ）

夕暮るる唐津の虹の松原は浄土思はす松のトンネル

潜れるは頭《かうべ》かぐろきかいつぶり水の輪ひろごる猿沢の池

畔土をもたげて芽吹く空豆《そらまめ》の殻をも背負ふみどりの双葉

下校ざま野蒜《のびる》タンポポ採りあさり飢餓に対ひし引き揚げの日々

兵舎あと草のグラウンドの入学式きちきち蝗虫《ばった》とびてゐたりき

神代桜

天草のあけの鶯競ひ鳴き旅のひと日の目覚めはなやぐ

荒土の畝をし作れる耕耘機《かううんき》ゆきつき戻る音させながら

実相寺の神代桜は駒ヶ岳見つつ二千年の間《かん》咲きつぎにけり

甲高き木遣りひび交ふ浄見寺忠相《ただすけ》が墓に消防士の列　（大岡忠相）

杵とりて〈へし蒸けたづら〉とせつかちの父を思へば遠き春雷

太陽を隠し隠さず春の雲ゼブラ模様の影をつくりぬ

谷風の過ぐればのりて子等の声百尾に余る鯉のたなびく

伊香保ろの山の底ひに光る風春日《はるび》となるや湖《うみ》の耀ふ

三彩の駱駝

三彩の駱駝の嘶《いなな》きはるかなる山また山に風渡るらむ

洛陽の淡き日差しに春識りて嘶きにけむ三彩の駱駝

方代の声

かたくりの花がむさぼる陽の光〈かじかんでいるづら〉方代のこゑす

ぶだう棚に萌黄《もえぎ》の楉《しもと》ひろがりて白花咲けり春は闌けゆく

雨《あま》しづく落ちては水の輪ひろがるを子猫は小首かしげて見入る

よぢのぼる十羽の雛を背《せな》にのせ水押し分けてゆくはカルガモ

地を這ひて吹く春疾風《はるはやち》つぼすみれひと日舗道に揉まれ続けぬ

天狗沢越ゆれば春の釜無川《かまなし》の見えて近づく妻の里はも　（甲州武川）

銭苔の句碑を覆へる詩をさぐり先人の想ひ声に読みをり

利根の運河

過ぎこしの舟の行き交ひ恋ひしけれ利根の運河はいま花ざかり

みかん木と柚子の枝幹の分き知らず花さけばよし白き香りの

夜桜に魅せられてより来るならひ風雨一きは強きこの年

保津川

紅葉を愛づるでもなく保津川にＡＳＩＡＮの声の高きが流る

小雨降る音かと思《も》へば桑の葉をむさぼりて食む蚕らに会ふ

薄ら氷の沼へとつづく枯れ野原りぼん結ぶは万作の花

墨烏賊を醸して味の〈溜まり〉とぞ仕込める能登の春はま近し

金色《こんじき》の琥珀の中に眠る虫春の洛陽に胡弓聞きつつ

旬日に日脚の延びて龍安寺の石庭に届く早春《はる》の夕日よ

切り通しに添ひ立つ杉の茂れるにささなく声の今朝の鎌倉

上野《かうづけ》の山のまだらの春たけぬ萌葱の柞杉《ははそ》の濃緑

春雷の雹

春雷の雹さへ撒きて遠ざかる庭木をぱちぱち雨まで降らせ

気仙沼の冷え込む海にひとり佇つ震災紙面の後ろ手の男《ひと》

幼子の喉《のみど》に積もるものをみよ　みえなくも見よ木々の葉叢に

轟音に襲ふ津波のなすがまま　船が陸上を走りて来たり

茱萸の木の白き小花のがくゆらし夕べの庭を余震すぎゆく

万の灯籠

村に残り水をはこべる選手らはサッカーが好き女川《をながは》が好き

朝《あした》さす潮《うしほ》に乗りてもどり来よ陸前高田の七万の松

白蓮は万の灯籠かかげたりＭ９の地震《なゐ》に逝きし人らに

東日本大震災

春を待つ東北の沖ゆ海原のめくれるやうに大《おほ》波《な》座《ぐら》立つ

くろぐろと日常をのみこみ津波去りただ洋上にかもめ啼くこゑ

草千里

花嫁をのせて棹さす舟頭の木遣りの音頭柳川くだる

国東《くにさき》のみ仏の里の磨崖仏時を経ていま摩耗し残る

鬼積める石段雨にのぼりゆくや岩に刻まれし仏現はる

たのしみの一つに曰く肥後の膳〈天草大王の胸肉〉とかや

草千里の牛の臼歯に食む草の音をさへぎるカルデラの風

夏の抄

鬼やんま

〈風〉一字私製かもめーるにあふれゐて言葉あらざる文の涼しさ

ユーカリの樹木光れる牧場の空澄みわたりブーメラン飛ぶ

コンサート拍手の波を遠く聞き手たづさへ出づる老いのカップル
（シドニーオペラハウス）

ひとすぢの影翔び過ぎてあともなし一世《よ》短《みじか》き　鬼やんまなり

ゆふすげの咲ける岬の暮れゆきて空にその黄の夕星《ゆふづつ》二つ

爽やかにユニホームの子らそれぞれにバット背に負ひ自転車連《つら》ぬ

伊香保ろの逆さ扇を映しゐて東石楠花《あづましやくなげ》ほころびにけり

只見ダムに人のつどへば人を見に山の猿出でて道に遊べり

ときかけて磨く木肌の黒き筋出でて誇れる檜風呂かも

風白く夜風渡りて聞こえくる霧笛の音のしばらくつづく

をちこちに蟬声のして終戦を板の間にききし九歳の夏

背後よりあと五十段と言はるれど登りかねつもしどろ足この

茱萸《ぐみ》

茱萸《ぐみ》の枝につぐみ来てをり風呂窓に動けるを見つ一分の間《かん》

真夏陽の新霊園は乾びゐて父母庇ふべき樹の未だ繁らず

滝みむと山路を行けば風車《かざぐるま》に山ごばうありと札のかかれり

安達太良に古りて立ち在《いま》し標《しるし》なす石の御仏光《かげ》しるくあり

苦瓜

領したる柵を越えんと苦瓜の押さへがたしも蔓のゆくまま

苦瓜の花は咲き満ち日の差すや幸あるごとき黄の時間あり

あの夏の数多咲きたる黄の花の父の好みしゴーヤを植ゑる

苦瓜の黄の花にとぶ蜆蝶風の吹き来るや花と散りぼふ

湿原

尾瀬沼も真上の空も青なりき深く息吸ひ風踏みて立つ

日の傾《かし》ぐ浜のみやげの店仕舞ひ屋台のあたり犬の巡りつ

湿原にゆるる葉群に打たれつつ梅鉢草はつんと立ちをり

ながながと眼下にしるき島影のみえて爺々岳《ちゃちゃだけ》あれが国後《くなしり》

サロベツにすつくと立てる〈えぞにゆう〉の花のパラソル浜風に揺る

白雲木

十三潟の水面にうつる白き花夢みるごとし白雲木は

花終へてなほ青あをと白雲木の一ツ森となる七月の丘

深々とマイナスイオン吸ひにけりオシンコシンの滝のしぶきに

白き葉裏ひるがへしひるがへし夏の嵐オリーブの樹のしなる豊かさ

土塊《つち》もりてせきたる水の涸《から》べるに伏流《ふくりゅう》の鮒さぐり漁《すなど》る

下りつつ振り向くや否や逆光の砂丘は扇形しろき影曳く

生ひ茂る杣のなぞへにすかし見え鬼百合のさく谷の明るさ

島ねむる朝まだきだに海猫のはや鳴く声を漁場に聞けり

地下足袋に砂礫《されき》うち踏み富士登山一合目より一気に登る

「開封」の夕べ

夏草に埋もりて蝗虫《ばった》追ひたりき銃声遠く「開封《かいほう》」の夕べ

ひとすぢの濃き影なだりを下る風ラベンダーの春引きつれてくる

ラベンダーの風をはこべる一筋のなぞへ走れる影　濃むらさき

敦盛草

水無月の礼文に咲ける敦盛草　母衣《ほろ》ほろりんと風に揺れゐる

茱萸の葉の白きが照れる川岸にをみなのきては朝菜を洗ふ

梓川の靄なびけるにそのはたてぼやけて見えず去らす風欲し

琉金のすずしき絵がらの葉書あれど出したき友は春に逝きたり

見下ろせば海に吹雪ける花のごと魚追ひつつ翔び交ふ鷗

山積みのキャベツ

山積みのキャベツと農婦を軽トラに夕日ものせて帰りゆくひと

かはせみはえもの見据ゑて高きより急転直下川魚刺す

榕樹《がじゆまる》の木下に吊れるハンモックまどろみをればやどかり登り来

アマルフィの小雨にぬれし丘の上を憶ひ出させてミモザの大木

音のして見たるに庭の花蘇芳莢の弾けて種のとび出づ

黒土を血いろに染める花石榴極楽とも思《も》ひ地獄とも思《も》ふ

白雲のひとつ浮かびて手枕にまどろめば夢〈かぐや〉に乗れる

ひるがへる茱萸の葉の間に垂るる実の照りて鮮らけし雨ふりやめば

守宮《やもり》

はからずも目にとまりてみる湯殿なる壁に逆しまのやもり顔向く

今宵酌む越後小千谷のつくり酒地震《なゐ》過ごせしかこれは辛口

人影のなき真昼間浜風に流木よせつつ潮のみちくる

濡ればめるニセアカシアの打ち靡きうちなびきつつ蜂の纏《まつ》はる

湯けむりに目鼻の見えずかたちさへほのかに見ゆる人美しき

雨ふれる川越町屋の蔵造り江戸の名残りの黒々と濡る

山峡の秘湯に入れば目交ひをゆつたり歩む日本かもしか

放射火に焼かれし摩文仁の洞窟に魂《こん》とおもへる茂れる大樹

安曇野の風

やまあひの地ひくくして山葵田に淡きみどりの安曇野の風

向きを変へ吾を睨みて見得を切るラッセラッセラ荒ぶる跳人

テネシーに大根三百本収穫と友の家族のピースの写真

風ならむ黄楊《つげ》の葉揺るるとわが見れど一声鳴きて日白とびゆく

ボロディンの交響詩を聞く夏の朝庭木のめぐり蝶の舞ひゐて

うりずんの風吹くなへに赤そむるパイナップルは空向きてなる

枯木灘

砂浜に浜木綿の花　風わたる海　枯木灘はも仏ますごと

朝のまの渓より山鳩鳴くきけば吾もかなしき命なりけり

若鮎の釣れぬを言ひて釣り師らのかへりし川よ水光りゐる

灌木《くわんぼく》の小暗《をぐら》き林うち出でて萌ゆる若葉の声に佇む

アフガンの地雷

アフガンの地雷の上を這ひゐつつ昼顔は薄紅《うすくれなゐ》の花びらほどく

野火止めは梅雨の兆しかけぶらひて小暗きに滲む十薬の花

はるかなる黄の丘あかる向日葵はまるごと夏の北海の色

疣《いぼ》もてる海鼠《なまこ》のごとき苦瓜の巨大となりて襲ひ来る夢

雲の影すぎゆき疾し瑠璃色に見えてすなはちかげれり釜は　（蔵王）

人差し指円を描きて近寄らば唱へよ念仏　緑の複眼

野火止用水《のびどめ》に湧く真清水をみたしつつ月掬《すく》はむとせば河鹿鳴く

ゆりの樹ぞ仰ぎみやれば花ざかり上野の森の主と思へり

繋がれてあるまま騾馬はひたすらに芝を食めれば円を描けり

群がれるはまなすの花さやぐとき馬車のわだちに小鼠まろぶ

五能線

椴松《とどまつ》のあまた末枯れて白骨化砂嘴《さし》の崩《くづ》れて海に沈みぬ　（野付半島）

通り雨過ぐれば光る無花果《いちじく》の茂りの下の土乾きをり

さびしさは夏の終りの蟬の声わが眠るまで木斛《もくこく》で啼け

遠ざかりまた近づきて海ありぬ燃ゆる夕日を追ふ五能線

三社祭昨夜の祭の打ち過ぎてつゆけき朝の紺の朝顔

一望のオホーツク海日本海宗谷岬にエトピリカ飛ぶ

干潮《ひじほ》なる磯はあをさの萌えたるか五月の朝光《あした》あまねし

草取るに蚊遣りをあまた燻《くゆ》らせばわが咳きこみてはかどらぬまま

おほよそに首もと打つに蚊の破れ吸ひたるわが血着ける　掌《てのひら》

野麦峠

はてしなく青の連なる杉木立野麦峠越え飛驒へと入りぬ

駒ヶ峯を越えくる風のゆたかさよ鮎解禁の間近にせまる

梅雨の間の石のきざはし木漏れ日の射して仰げば室生寺の塔

束の間に雨のあがりて茜さす津軽の山にのぼりゆく霧

吹割は木の葉がくれに鳴りとよむ聞きつつ登る谷風が中

落ち滾《たぎ》る瀬の音《と》の遠く離《さか》り来し森にみちたる蜩の声

父と二人桑の木下に芋食みき「りんごの唄」のラジオ聞きつつ

泰山木

泰山木を共に見上げし日の浮かぶ妻の視力の衰へにつつ

いつのまに延びたる蔓か軒に這ふヤブカラシの手　千の収奪

朝光のビルの谷間の吹き流し端午の節句に女児の生まる

谿あひの十里木《じふりぎ》の岸に筏《いかだ》組む木の音聞きつつくらせる葭子

下宿より見下ろせる寺に〈三ヶ島葭子〉の歌碑ありてそこに酔芙蓉咲く

恋人の裸像

うら若く戦火にはてし画学生の無念なるべし無言の絵画

戦争に斃れし学徒の画きたる恋人の裸像その肌白し　（無言館）

トルコ

エーゲ海に鰺を釣りゐる少年の澄める瞳の眩《まぶ》しきまでに

薄暮なる緑の海に船出でぬはるかボスポラス海峡の漁り火

ドル、ユーロ新旧リラに円も飛ぶグランドバザール四千の店

（イスタンブール）

紅色のトウズの湖《うみ》の頻波《しきなみ》の積み止まずとふ白銀の塩

ベルガマの野外劇場見仰ぐれば鳶の舞ひをり空総《す》べるごと

ドームのモスク

麦畑のドームのモスク鈍色に照りてトルコの空は明るし

回教が希薄にしたる民族の貧困を知る旅のトルコに

茴香《ういきやう》の風味を醸すラク酒酌む水加ふればミルク色せり

頬にほほ触れて招ける女主人《あるじ》洞窟のくらし快適と言ふ

薄明のモスクに祈るコーランの読誦《とくしよう》のリズムドームに響《とよ》む

石垣の崩れに生ふる芥子の花吹き上りくる風にしき揺る

夕暮れの礼拝告ぐる呼びかけは声遠くして光るミナレット

カッパドキア続きにつづく茸岩わが乗る気球右し左す

遺跡なる野外劇場の壇上にわが歌ふ〈君が代〉響き渡れり

世阿弥の涙

潮風をあびてみさくる佐渡島〈世阿弥の涙〉か靡ける雲よ

真野の町に煎餅あきなふジェンキンス氏拉致被害者への義捐となせり

軒低く家寄せあへる真野の町路地は屋内《やぬち》をぬけて庭へと

〈ちよつとこい〉と小綬鶏森に鳴く聞けば人を恋ふるかすぐにも行かな

大野亀にしげれる萱草《くわんざう》つくづくと見つつ思はな開花の春を

灯台に妻と二人で船目守る　無人となりて今日を光れる
（弾崎《はじきざき》灯台ロケ地）

あぢさゐは海の色して咲きにけり飛び魚《うを》のはねひらけるかたち

切り岸の甌穴《おうけつ》いづことたづぬれば〈死の淵〉にありと媼指さす

佐渡の夜の更けてより聞く雨の音逢ひたき人にあふこともなく

秋の抄

皇帝ダリア

倒れ木はたふれしままに紅葉して奈良田の山々まるで火祭り

吹くともなく秋風たちて末枯れたる風船かづらの影を揺すれり

枯れ芒をつかみ雀の乗りたればほうけ穂花がふはふは飛べり

丈高くあやしく咲きて家並みを見わたしてをり皇帝ダリア

畑中に茎の枯れつつ残れるにいくども音し弾くるは胡麻

湖底《うみそこ》の毬藻に想ひ馳せにつつコタンの乙女の恋歌をきく

堀川に秋の日さして靡きたる藻に寄る鮠のもどりてはゆく

夕暮れの干潟にきたる鶴一羽鋭《と》き一声は天に嘴《くち》刺す

白海老

白海老の黒眼の哀しわたつみの氷見の荒磯に揚がるをみれば

一幅の絵画に止まるわが眼《まなこ》杉の木立に紅葉づる白膠木《ぬるで》

落つる葉のさやぐを聞けば秋来《こ》しと高き星空思ひつつ寝ぬ

桑の実

桑の実に飢ゑを凌ぎし少年の戦後の日日よ八ツ岳《やつ》に暮れゆく

ポケットに芋しのばせて校庭に昼餉となしし引き揚げ者われ

土間掘りて籾《もみ》でおほへるさつまいも一春かけて主食となりき

ワイパーの切り取る扇形その中に色づく木々の秋の詩がある

亡き友の庭の蔓《かづら》のたね蒔きて育てこし〈種〉友より来たる

貴腐ワイン

星の夜はメローの味に酔ひたくてきみ待ちて飲むこの貴腐ワイン

久しくを忘れゐし音熟れ麦の風にさやげる乾くその音

月が出来て団子が出たよはんで（早く）こうし（来い）甲州弁の三五夜の夕べ

焼くほどにけぶる鰯の油出でかぼす搾れば音のはじけつ

一昼夜歩きつづけし伝統の強行遠足わらぢは五足　（甲府一高）

枯れ枯れて風も動かぬ枯れ蓮にとまらむとして蜻蛉かがやく

打ち捨ててただ晩秋のかへるでの朱にそまりてゐたき一日《ひとひ》よ

古宿の庭に木の実の落つるらし眠れぬ闇にひびくその音

わが庭に時折《ときをり》きたる山鳩のくぐもる声の遠くに聞こゆ

椋寺《むくでら》の椋の木下の椋の実を一つ手の平に置きてながむる

蜂屋の柿

産土の保渡田《ほどた》の里の文明の蜂屋の柿は今年もあまた

庭垣にからむあけびのまろやかさ螺鈿のやうな光をもてり

通り雨上がりて草生に露の満ちとかげ出で来て舌を潤す

つるばらの咲くを見下ろし愛で足らず庭に下りたち見上げてもみる

ズンダッタ、ズンダズズンダ高らかに公孫樹並木を来る鼓笛隊

山寺の碑

夕暮れの茂吉記念館の石畳桜葉ぬれてあまき香の立つ

宝泉寺茂吉の墓に生きつぎしアララギの木は緑に繁る

朴の葉は蝶介歌碑の肩に落ち舞ひて寄るらむ友也の歌碑に

立石寺に肩いだくごと親子歌碑朴葉の蔭に雨凌ぐらむ

山寺に師の碑《いしぶみ》を尋ねゆく雨の最中《さなか》の千拾五段

稀なる木デワノハゴロモナナカマド茂吉ゆかりの〈山城屋〉に生ふ

日本一の鍋を川原に芋煮会蒟蒻里芋に七頭の牛

トスカーナの夕焼

草原の羊の群れの誘導に出番の犬は左右《さう》に奔走す

薄暮なるシドニー運河のほかげゆれ水色の風にさざめき聞こゆ

両手にて塔を支へる仕草する妻を撮りたりけふピサに来て

（イタリア中西部の都市）

鐘の音ひびけば鳥影疾《と》くすぎてトスカーナの空夕焼となる　（イタリア中部）

千年の時空ひらくかメタセコイア読経の低きが天よりふり来《く》

われあてのローマより出しし絵はがきの〈日本〉といふ字がかすれて届く

千年の槙見上げをり一粒のある日実生《みば》えのときありてこそ

サン・ピエトロ大聖堂の薄あかりステンドグラスに布教説く絵図
（ローマのヴァチカンにある大聖堂）

アマルフィの海に照りはゆる赤き屋根つぎつぎ見せてバス下りゆく

マザコンのイタリア男のけなげさよ離婚となるまでオオソレ・マンマ・ミーア

疲るればわれは石径《いしみち》のぼるさへ踏みもあゆめず柵にすがりぬ

傾ける扇形広場にあまいろの髪なびかせて走れる小馬　（カンポ広場）

飛鳥の夕餉

山ひとつ神なる山の三輪山につらなるやうに山の辺がある

赤米にあまごをそふる椎の葉膳濁り酒もあり飛鳥の夕餉

たたなはる霞の山の葛城のつづくその果《はた》て二上の山

飛ぶ鳥の明日香に在す神の杜の暮れゆく村の〈祝戸〉の宿

岡寺の仁王門に立つ木彫り像ぼんやりとあり格子の内に

浮くもあり潜るもありて氷雨ふる山の辺の沼に鳰のか黒し

眼あぐればまなかひの山〈二上〉の男岳女岳の間《かん》に沈む陽

埴路《はにみち》の落ち葉踏みのぼる甘樫丘もみぢのひまゆこぼれ雨ふる

鰐口を強く打たむと綱ふるに心はやれば音弱みかも

伎芸天女

かすかにもくちびる開き今われに語りたまふや伎芸天女は

秋篠寺《あきしの》の女身ゆたけき伎芸天に逢へて嬉しもわれを見たまふ

音もなくもみぢの降れる玄賓庵《げんぴんあん》散りつもれるが冬日に乾反る

冬の抄

臘梅

さらかつさがさりこ、こきりふはふはの雑木林をいま鳥が立つ

新巻にそへて今年も送られし友が漬けたるいずしは美味い

臘梅の木々のあはひに武甲山　なだりの雪にうつる花陰

正月を重箱につめ春迎ふ窓外の臘梅入り日に輝く

銃剣の下駄スケートを研ぎ研ぎて戦後に遊びしわが少年期

つぎつぎと雪灯籠に灯の入りておぼろおぼろのほのかなあかり

散りぼへる花に交じりて雪降りぬ東西南北もも色吹雪

暮れなづむ山の端に出づる冬の月つばらの梢しばらく白む

父の咳《しはぶき》

元朝の雑煮の汁に柚の香立ちまぼろしの父の咳《しはぶき》一つ

ふらつきて倒れながらも中継の汗の襷は箱根へ届く（箱根駅伝）

ジフテリアに死にたる児の名を呼ぶ母の天津の収容所いまだに夢む

ロープウェイに乗るや感傷のいとまなく樹氷の森をさつと越えゆく

家業つぎ年浅きだに弥栄ゆ拵へ堅き君が旅籠は

冬の多摩川

横たはる錦の帯雲少しづつ欠ければ黒き冬の多摩川

かたくなに〈寒ざらし〉まもる親子あり群上《ぐじやう》の川に鯉幟《こひのぼり》晒す

スイスなる山を思はせて如月の〈白の恋人〉利尻富士立つ

身は宙に四度《よたび》くるめき舞ひにけり笑まひ滑るは同じヒト科か

稜線に添ひて下れる高速道土石流のごと闇ひた走る

元朝におみきささぐる白足袋の白鶺鴒《はくせきれい》がつつつと走る

今日もまた犬の下部《しもべ》かやうやくに引かれて喘ぐあはれ善男善女《よきひと》

ともなへる犬の衣裳にさりげなく世辞交しつつ競ふをみなら

死人の行軍

打ち寄する波音きけばわたつみの戦士の声か今帰仁《なきじん》が浜《はま》

駒ヶ峰の渓間をわたるひよどりの鋭《と》き一声に空は明けゆく

八幡平霧氷のまぼろし裸木の列は死人《しびと》の行軍に似る

ズームして拡大画像のファインダー夕焼け空は白鳥の群れ

夜深く柚子《ゆず》湯の面に顔を据ゑ想ひてあればバイクとどろく

登りたる満月間近に仰ぎ見るに妻は知らずに柚子湯に長し

土に手をぬくめては堆肥ほどこしし引き揚げの身の凍《こご》ゆるに耐へ

枯れかれて夕日のうばらの雪の原もたもたもたと親子鹿ゆく

水槽に沈む豆腐を掬ふ手の赤きが水の滴りを切る

冬虹のたつ

昨夜の雨に洗はれし杉の山の端に今朝あざやかに冬の虹たつ

笹の葉を分けて登れる雲取山ときをり風は雪の匂ひす

三ツ峠のはてに不二見えここ山頂は東京の山雲取山《くもとり》二〇〇〇

八ツ岳颪《やつおろし》突如響ける虎落笛《もがりぶえ》ぶだう畑のなだりを走る

薄氷の張る榛名湖を渡りゆく彼は鶺鴒羽根を収めて

風が凍る

冬枯れの玉川上水に木瓜の咲く水の光の中のももいろ

水よりも風が凍れる忍野の原川面の蒸気朝光に這ふ

夕映えの空を背に立つ大欅サバンナ思はす黒き裸木

まかがよふ万両朱く実るなへ鵯《ひよどり》の啼く声は鋭し

み冬づく野良に多生《さはな》る柿の実のひときは明かし過疎の村里

雪解けの川に玉藻のなびきゐて糸柳のかげ水面に泳ぐ

内堀の大賀蓮枯れ広き葉に雨はちはちと音しきりなり

ひよどりの鋭《と》き一声に明けてより永平寺の屋根に雪は降り積む

牛起きにとび出す朝のウォーキング今日も行き交ふ一番電車

蛇頭の稜線

葉隠れに深紅の椿の返り花小暗きままに一花耀ふ

しらじらと〈蛇頭の稜線〉甲斐駒の神秘思《も》ひつつ通学の道

八《や》ツ《つ》岳駒ヶ岳を背《せな》にいただき南《みんなみ》の不二を拝《をろが》む遠き日ありき

死後までも怯え据ゑたる地の底に重く備へるか兵俑の列

壕跡は白菜倉庫壁面に〈抗日〉の朱字剝げ残りゐつ

われらが雲　雲盗みぬと騒立ちて人工降雨に農夫馳せゆく（黄河の水枯れ）

茂《し》みみなる羊歯の葉分けて中辺路をい行けば新宮材木の街

磚の坂

不老薬さがさむと派遣の皇帝の家臣は居付く温《ぬく》き新宮

早朝の天安門の大空にとんびと見紛ふ凧の群れゐる

天津の日本租界のあかしあ通りローラースケートおもひのままに

二千年余時ありて踏む磚《せん》の坂巨龍のごとも山の背を這ふ　（万里の長城）

架け橋

コマ劇場

綿につくる上下《かみしも》の武者供花に埋む五十の顔《かんばせ》無念なるべし

書き直す鬱の文字の木・缶・ヒわが身のうちはさ迷ひ始む

変哲もなき井戸茶碗に釉薬《いうやく》の染まれば早もびはいろに光《て》る

だいぢやうぶと言ひかけて足をかけ脚立に立つに分秒もなし

カップ麺のふた押さへつつ思ひをり何も決まらぬ国会審議

夜半に寝覚め再び寝《い》ぬればとき過ぎぬ夢の枯れ葉の青みゆくまで

啐啄《そったく》の最後の歌会淡々とよみあぐる師の声かすかに震ふ

幾重にも包みやりたる家苞の大島のくさやこれは何より

決まりなどなけれどなにゆゑ誰もみなエスカレーターの左に立つや

また一つ昭和思はす〈コマ〉劇場の消ゆかの日ちゑみのテネシーワルツ

口あけて眠る女の無防備をたつぷりみせるトンネルあかり

隅木の展示

君が瞳ふたたびみむと現像を終《を》へ暫しありて暗闇のなか

金堂を支へし隅木展示され唐招提寺の建立待てり

音もなく回り渡れる独楽ひとつ押しやる力は客の一声

マンションのモデルルームを設《しつら》へて家庭を演出　客《まろうど》招く

着陸の宇宙飛行士の一声は地球の匂ひ草のかをりすと

地球儀のナイルの青をなぞりつつ気ままな旅を今日もなしをり

競輪の予想に耽ける止まり木は酎ハイ呷《あふ》る男の縄張り

ピアスの穴

ヒップホップ大窓の玻璃に己が身をうつして正す踊りたる娘《こ》ら

草笛はいまに消ぬがにかそけくてやまむとするや又響きたり

山裾を一途に走るＤ51はディーデルデムデン煙吐きたり

ピアスの穴くぐり通れるテレサ・テンの歌声かなし春の街角

高層のビル

黄のかばんに手足つけたる新入生じぐざぐ登るさくら坂道

風あびて登る歩道橋女生徒のひかがみ光り我は見上げる

人垣を分けて入り来る救急車そ知らぬ振りの都会のクール

高層のビルとなりたるキャンパスはプラザのごとしカフェも入りたり

手をのばし遠き足の爪切らむとて固くなる身の只管苦し

見下ろせばかすむ街路に人あゆみ車の走り物音もなし

百歳の詠みにし詩《うた》の墨滲む幅に咲きゐる臘梅の花

五十二階より見下ろせりドライバーの意思が連なる尾灯の流れ

赤き布手繰れば鳩のとび出づる浅草の寄席夜《よる》の一幕

不確かな幸といふあやふさにいちばん近き朝の茹で卵

映像の変換途中髭面の囚はれ人は突如フセイン

将棋盤たづさへ木陰に額寄するあはれ男のひとつの逃所《にげど》

まねびては新曲唄ふ恬淡《てんたん》と酔へばわが友愉悦なるべし

残りのカレー

白壁の前のスイートピー診察室に女医の齢を測りかねゐつ

あさなさなとりどり作る朝餉とて昨夜残りたるカレーにてよし

曲がりゆくや浮く如き感のモノレール多摩丘陵は尾根の犇く

突然のパトカーの音に前後して鳴く犬つぎつぎはげしき夜半《やはん》

馬頭のたましひ

掘られたる塚の馬頭のたましひは展示されゐていづこゆけるか

枇杷むけば苛《いら》ふ気持もほぐれゆき〈坂の上の雲〉の続きを読まむ

とつおいつ思案の末に決断し上着のボタンをきつちりはめる

思はずも父に詳しく聞きてあらず証あらねども暮らし変はらず

ウインドーに髪型なほす女あり朝の銀行人の少なく

青水沫《あをみなわ》ひきつつ潜るイルカの芸おゆび上ぐれば輪をとび抜くる

岩風呂の三和土《たたき》に寝ぬる男らはオットセイにも似たるを曝す

あと追ひの英語のアナウンス抑揚のはづむ駅名耳に残りぬ

不整脈ひとつおろぬき打つ鼓動破れ太鼓はみだれて鳴れり

夕暮れの路面電車に乗りはぐれ追ひし幼日博多石舗よ

今生れし歌書き留めむと跳ね起きてえんぴつ探す急いでさがす

色を飲む

むらぎもの心をりをりゆらぐときチロリアンハット被りてみたり

とやかくと体に良しとかまびすし諾ふといへ吾は与《くみ》せず

真贋《しんがん》を問ふこともなし壺は壺月光あをく壺にとどけり

大会に歌へる初の朗詠は教へくれたる君の口調を借りる　（宇佐見忠男氏）

ブランデーに氷を沈め五分五分の真水にわりてその色を飲む

靖国に銃をささげ持つ衛兵は瞬き一つなく直ぐ立つ　（台湾）

キウイ切ればぬばたまの種あまたあり一顆《いつくわ》の放射はハブ空港か

つけまつげつけてしばらくま向かひの座席のをみな瞳の泳ぐ

馬喰《ばくらう》、 粢《ふすま》、 七輪に鋳掛屋《いかけや》が死語となりゆくまでの歳月

過ぎゆけるバスのボディの広告のビールの泡にわれ溺れたり

墓案内、市税督促、不動産売買のちらしポスト探《さぐ》れば

喫茶ジロー

喫茶ジロー、モカの香りにモダンジャズ、ベースの響くお茶の水街

乗客を無視するごとく特急のあづさの窓が日野駅を過ぐ

弟と酒酌み交はすその仕草笑まふ唇亡き父に似る

瀬戸ゆれて映れる朱の回廊に清盛の舞を思ひつつをり

長椅子に微睡《まどろ》みゐたる昼下がり肩に翡翠の風通りすぐ

南瓜のはうたう

大釜に煮干し一摑み放りこみ南瓜の餺飩《はうたう》あつあつと食ぶ

土手のみち野いちごの花の白かりき山羊を飼ひゐし少年のころ

あをくさきトマト齧《かじ》ればじわじわと夏のトマトの畑《はた》の亡き父

あふことのかなはぬ師の郷九十九里ひねもす寄すは潮鳴りばかり

（片山貞美）

諳んじる歌のかずかず声に出し暫し間を置く師のまなざしは

好みたる〈豆腐〉を供へ夜もすがら笑まへる写真の師と酒を酌む

病室に所望のビールこつそりと　はにかむ翁の笑まへる眼《まなこ》

歌が好き酒好き囲碁好きおもねらず生遂げましし飯田平四郎

大八車

美濃部知事の演説ききし夏の日よ道灌わきにわが身ありけむ

オリンピックに鳩も風船もはなたれてファンファーレ鳴りし東京の空

拓けゆく多摩ニュータウンのビル団地三十万都市めざせる活気

大八《だいはち》に生ごみ捨つる市井人昭和半ばか都の写真展

これの世は賃借対照表《バランスシート》プラマイゼロ辻褄合はせは自づと決まる

五十日《ごとをび》

手にとりて数へむ紙幣の枚数のおほよそ判るさびしかりしも

戻さるる付箋の稟議書の返答は「審査」と「顧客」のはざまの苦闘

奥席は押印するが仕事なり朱肉整ふる新入りの朝

日銀の大蔵のと検査漬けはたまた支店の内部監査か

銀行の科学的管理法《テラーシステム》導入に金銭登録機の講習ありき

いらだてる日もあまたあり乾きたる百枚の束いくども数ふ

店あげて普通預金に年二度の利息計上イベントなりき

でこぼこの土手の轍《わだち》に転《まろ》びたり近道せむと集金あせれば

五十日《ごとをび》はラーメン啜り残業す電車間遠く過ぎがたき屋台

手形決済

持ち寄れる手形決済にそろばんの音のみきこゆ汗ばめる日日

元帳になにげなく書ける鉛筆の文字見のがさぬ税務職員

鏡にて櫛目をとほし笑ふべし店内入るに社員心得

たて書きの小切手は縦に読むべしアラビア数字みまくあたはじ

谷茶前

村ひとつ風防がむと植ゑ並めて福木大樹の緑なす道

石積みの垣に昼顔咲きみちて島の保育所よぎる大揚羽

白妙の珊瑚の海のアコヤ貝養殖されて真球《まだま》を秘むる

愛《めぐ》し眸《め》の水牛のたり由布島へ客を乗せては引き潮をゆく

三線《さんしん》に和して踊れる若者の〈谷茶前《たんちゃめ》〉かなでる輪に加はりぬ

ざわざわと白穂の波の砂糖黍潮騒の音にきこゆるゆんた

泡盛はロックがよしとからからと氷を弾くからからの古酒　（徳利＝からから）

掛け合ひの〈安里屋ユンタ〉聞こえくるこの唄のある島に生まれて

クイチャー

輪にこぞり宮古に踊れる〈クイチャー〉のはねては哮《たけ》るヒヤサッッサ哀し

はるかなる凪の海かぜ聴きをれば〈佐渡の恋歌〉たゆたふ夕べ

この地酒地とは宮古の城辺《ぐすくべ》のその方言を聞くごとく飲む

今のしあはせ

酒くさき祖母のふとんに潜り込む昭和二十年の冬のぬくもり

少しづつ老いつつあらば妻は聞く音われは音声失ひ初めぬ

としごとに君はきれいになつたよね七十になる妻を見てゐる

五十年枕並《な》め寝し巳が妻の本性《さが》は蛇かもとふとしも気づく

阿佐ヶ谷の新婚の思ひ出〈しあはせにしてね〉と君言ひ　今のしあはせ

わが古稀を祝ふうからの写真なりその真ん中に笑む父母います

山原《やんばる》みかん

土木技師父の拓きし山原《やんばる》のやんばる蜜柑従弟より届く

声高に妻が足つれるとうごめけり立てど座れどすわれど立てど

開拓地につめて路墾《みちはり》せし父の褪せたる碑《いしぶみ》富士の裾野に

〈友利屋〉ときけば親族《うから》かとぶらり来て宮古平良《ひらら》の泡盛酌みぬ

聖戦のたたら

聖戦とよべる炎のたたら踏み彼等が神はいかにいづこか

愚かさに立つほかはなし人間の飽くなき戦ひ彼等の神は

新宿のビルの鏡壁に茜燃ゆ映るやイラクの空の煤煙

石畳の朝の坂道くだりきて教会の塔の長きかげ踏む

流し目にわれを誘へるモンローの心みだせる所作の恋しも

ゆつくりと印画紙に笑顔あらはれて昨日の君に逢へる暗室

ルーペにて一齣一齣見たるネガかへらざる日の青春がある

静寂も音の一つか海原の風孕みつつ波のすぐれば

消灯し天井の闇に蛍光のはかなく残る眠気きざさず

南天山

〈見延の者は声が良い〉ほうづらよ南天山の水　水がいいづら

撃たれてもカメラ握り締む手の画像デモ取材記者の無言の報道

温暖化に出土となるはマンモスか怒るがごとく氷山くづる

受話器より靴音きこえ残業の娘は帰路にあり神田鍛冶町

生くる日はほどよき長さが良いなどと言つて拝みぬ不老長寿を

遠ざかる病室の窓おのおのが一枚づつの夕焼けを貼る

図書館の休みと知りて帰るさに椎の実ひとつ小路に拾ふ

勾玉の音

夜の更けの露天の壺湯に一人ゐて魚となれるこの浮遊感

首ふりて叩くピアノの真闇より勾玉《まがたま》のやうな音弾け出づ

人らみなやがて亡ぶほかなきに〈地球に優しい〉などとのたまふ

甲斐駒岳はわれの心に聳えつつその山容は変ることなし

喘息の母

病みがちの母の手携へ狭山湖の桜を見むと父と連れ立つ

さしぐみつ微笑みつ素麺たべゐたり母の病状かるき日の昼

老いませる母ひとり置きたち帰る夜道へ俄か雷雨襲ひ来

喘息の母の背を撫で看取りゐる父の怒りし如きもの言ひ

木曾路にて母と拾ひしもみぢ葉よ栞となりて本より出でく

息吐きて並びてふみし麦踏みの母の話に思ひは尽きず

このところ折々浮かぶ花ききやう母を送りし丘に咲きゐし

麝香《じやかう》の匂ひ

雨煙る八河に父と鮒釣りす廃船ありて日の暮るるまで

路墾《みちはり》は捗らずしてそこここに古塚出づる奈良の里ゆく

飛鳥路に仰げる棚田見のはてに煙れる霧は梅雨の兆しか

展げたる母の着物の麝香《じやかう》の匂ひ手触れば捨てえず梱《こり》に戻しつ

留守電に聞く母の声ひたすらにすもも送りしと話しかけをり

ペン皿の耳搔ひとつさながらに父在るごとし書架の傍《かたへ》に

退院を三日延ばして待てる父稼業はとまれ今朝は連れに行く

実生より育てし父の松老いてあまたの鉢よ今日十三回忌

仕舞ひ置きし父のパーカーに書く日記いつしか馴染みすべるペン先

大同江《てどんがん》の潮裂きて逝く浪のごととはに還らじああわが友よ
（引揚の友名取和夫君）

半世紀共に歩みし友逝きぬ大同江の流れゆたかなりしと

立春の庭

昨夜の雪ふりしきりつつ朝となり山青くして晴れてゆかなむ

あかねぐも青き山脈《やまなみ》に浮かびゐる須臾にもみせて消ゆる早しも

淡雪をかづきて咲ける金魚草はや立春の庭にいきづく

丈低きすすき若葉のふれ合ふを黄昏近き野の径にきく

釜無川《かまなし》の日暮れに光る春の香魚《あゆ》そらにはつらつ跳ぬべしわれも

冬薔薇の霜のおほへる花弁《はなびら》のうすきがゆるれ白きガラスの

出土せる土器を日向に並べゐる　古代の人の粥する音

白鳥のつばさ羽撃《はたた》きとびにけり水面の飛沫は虹にまぎらふ

ちやきちやきの神輿をかつぐ神田の祭り印半天に紅引く少女《をとめ》

しらたきのかたへに煮ゆる帆立貝醬油の香《か》うつるころほひを待つ

去年《こぞ》の種こぼれ落ちゐしあさがほの今朝大空に赤色二つ

真夜に啼く蟬

真夜に啼く蟬のあはれを聞きゐつつ月光《つきかげ》あやし人のいのちも

野辺山の森より近づく夏帽子みえかくれして黄の声はづむ

葉先ひかり膨らみたれば落つる雫　全身あくびの猫の出立《いでた》ち

われが贈る父に悲願の八文字　浄見院釈善導居士

夜の空を温《ぬく》い心臓わたりゆくイワツバメの群れ南目指して

千両の赤実にひざしの被《かうむ》れば熟すころほひ知るひよどりか

水抜きしプール

浮沈する海豚《いるか》のごときサーファーの頭《かうべ》かぐろき江の島の海

水抜きしプールの底をほしいまま秋の蝶とぶ二十五メートル

防衛の訓練といへかまびすし軍靴の音すと人らすぐ言ふ

原発は急にな止《や》めそ稼動しつつ新エナジーの起るを待たむ

恋ヶ窪

海ぶだうしだいしだいに萎みゆく死にゆくときはすべて無一物《するすみ》

恋ヶ窪におりてしばらくの間《かん》みたる紅《くれなゐ》あざみきみの住む街

あとがき

父親の勤務先であった建設省の関係で中国に赴任中、私は小学校三年九歳の折に天津で終戦を迎えました。

父母は激戦地であった郷里、沖縄には帰らず、伝てを頼って一家で甲州に疎開。私は小学校、中学校、高校までを山梨にて終了しました。しかし、その間の父母の苦労は筆舌に尽くし難い疎開者の日々でありました。今も、当時の父母を想う時、私は耐え難い哀しみに苛まれます。

母が愛した故郷、沖縄の「月桃の花」は私も大好きであり、茲に本集を「月桃」のタイトルにしました。

職歴としましては、山梨中央銀行を経て、昭和三十九年結婚を機に独立し、㈱東光企画を設立し、代表取締役に就任。戦後の稍、上昇気流に乗った時代ではありましたが、個人の経営者としては、血の滲むような日々も経験しました。

やがて、時代はバブル期を迎え、かなり会社も軌道に乗り、絶好の時期を順調に過せるようになりました。序で後継者も育ち、私は身辺にも余裕が生じ、その時間を埋めるように見出したのが、短歌でありました。一方万葉集にも興味をもちましたが、平成八年、結社「吾妹」の生田友也師を知り師事をしました。序いで「多摩歌話会」にも入会し、数多の歌友も得ましたが、私が本気で短歌への傾倒となりました動機は、片山貞美師に出会い、師は冷奴が大好きで、共に酒を酌み交し短歌談義に及んだことにより、私は短歌への造詣を深くして参りました。

やがてＮＰＯ法人、日本詩歌句協会に於いて元東洋大学学長名誉教授、神作光一先生とも親交を賜り、この度の本集上梓にあたりまして帯文を神作光一先生より賜り誠に光栄であります。「吾妹子」秋葉雄愛主宰には懇篤なる序文をいただきました。本集上梓に当り、「吾妹子」歌友、鈴木理會子氏、山本盛吾氏、長沢ひろ子氏、藤野周三氏、また長い交友である「星雲」「桜狩」の大山末子氏の各氏には懇切なるアドバイスをいただき厚く御礼を申し上げます。

出版に際しましては「現代短歌社」道具武志社長、編集担当の今泉洋子様をはじめスタッフの皆様にお世話になりました。

厚く御礼を申し上げます。

平成二十六年八月上浣

友　利　健　一

著者略歴

昭和11年10月16日沖縄県那覇市に出生
山梨県立甲府第一高等学校卒業
明治大学商学部卒業
平成８年　「吾妹」入社　生田友也に師事　同人
平成25年12月　「吾妹」終刊
平成26年１月　「吾妹子」創刊　選者
ＮＰＯ法人、日本詩歌句協会、常任理事、選者
日本歌人クラブ会員

歌集 月桃　　吾妹子叢書第２篇

平成26年10月２日　発行

著者　友利健一
〒187-0031 東京都小平市小川東町1-2-21-5
発行人　道具武志
印刷　㈱キャップス
発行所　現代短歌社
〒113-0033 東京都文京区本郷1-35-26
振替口座　00160-5-290969
電話　03(5804)7100

定価2500円(本体2315円＋税)
ISBN978-4-86534-049-5 C0092 ￥2315E